通勤どんぢゃら

山崎純治

思潮社

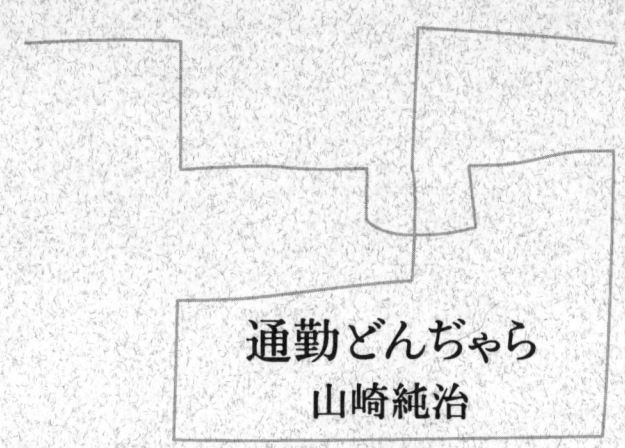

通勤どんぢゃら

山崎純治

思潮社

目次

装画　矢野静明
装幀　思潮社装幀室

通勤どんぢゃら

こぼれる

弁当の
干しガレイの
硬く鋭い骨が
奥歯に挟まり
指を突っ込むと
ぽろり
こぼれ落ちて

冷える
事務所の床に
続けて何本か
ぽろり
ぽろり
腰の辺りからも
知らないうちに
大腿骨がこぼれ落ち
軽くなったからだに
鼻水が垂れる
ヒュウヒュウ風が吹き抜ける
脱力した事務所で
パソコンも

人も
系譜のように
垂れ連なり
ぽろり
液晶画面の中で
何とか原型は保って
弱々しく微笑むが
ものを食べるときと
排便するときは
こわい目をする

大爪詰みの日

イヤな顔をする
女がいる
ひと月に一回
どこから生えてくるのか
新月の淫らな爪が
芽のように吹き出し
はだかになって

一本一本確かめてゆくと
脱皮した蟹女も
柔らかい穴から
粗い毛の生えた爪を立て
ガサガサ
這い出してくる
振り上げる爪切りは
伊勢神宮の老舗で買った逸品
早く切らなければ
止めどもなく交わり続けるから
背をかがめ
右足を引き寄せ
白っぽくふやけた親指から

一気に切断して
親ノ死ニ目ニ会エナイ
泥の肉が臭う
粘液に身を隠し
イヤやわー
見たくないわーと顔をしかめる
女がいる

自販機

しわを浮かせた太い指が
ごつごつ
自動ドアの縁をつかみ
半身で無理やり
ぎゅぎゅっ
押し入ってくる
新聞を広げる隙間もなく

東西南北、とざいトーザイ
唱える口から
ごろんとペットボトルが転がり落ちる
さんさん照明を反射させ
整然と陳列する
中身を抜かれたサンプル
ぐりぐり硬貨をこじ入れられ
いっぱい詰まった自販機は
ペットボトルも明るく清潔に
定まった形態と内容物
押しボタンひとつで選択され
転がり落ちる朝だから
電源は入れっ放し

お切り下さい
車内での通話はご遠慮願います
ぎゅぎゅっ
林立する
おまえのその、たっぷりした腹を
押し付けてくるな
ぎゅぎゅっ

顔

ぽってりしたクチビルが、
嫌なカオが
捨てられて
さっぱり出勤する
きしむ腸の
きっぱりした朝
乗り込んでくるのは

やはり、おまえらだ
一様に善良なカオ
平べったい輪郭を
空間いっぱいに敷き詰め
乗車率150％の
ミミを開いて
シタを伸ばして
オイオイ、粘液垂らすなよ！
もっと先まで
次の、次の駅まで行ったら
破裂音を立てて
一気に排泄され
軽くなったカオは

無表情に
電動肉運動する
ふるふる
筋肉玉ほぐしましょ
脳細胞ほどきましょ
しゅわっしゅ
しゃんからあ
こおんこ
すか

絶えずして

遠くで
微かに水音が聞こえる
通り雨のような
放尿のような
立ったまま男たちは
ポカンと目を閉じて
カモイという駅を通過する

線路沿いの川は
泥の濁った流れが
夜半の集中豪雨で
今しも
堤防すれすれまで膨れ上がり
座席が無い車内は蒸し暑く
携帯の着信音が鳴り続けると
立ったまま男たちは
沈んでゆく
濁った流れが足元を走り
携帯の奥へ
深く
デジタル変換され

液晶画面を開いても
再び呼び出されることは無い
その瞬間の時分秒が貼り付いた顔も
そのうち溶けて
過去の風景と馴染み
堆積する時間として
加齢臭を放ちながら
ゆっくり沈んでゆく
呼びかけられても
やがては名前が
冷たくわずかに発光するだけ
蒸し暑い車内は
住宅街を次第に離れて

水音が聞こえる
通り雨のように
放尿のように

識別カード

点滅する信号に駆け込み
勢いで渡る
出社する人々をすり抜け
個人識別カードを首からぶら下げ
7桁の数字を入力すると
パソコンが立ち上がる
上司が勃起する

画面の向こうから
二倍顔の男がやって来る
巻き戻しテープのように
事務所が後退して
呼んでいた声が遠くなる
人気の無い廊下をぼんやり
モザイク処理された顔が近づき
口の辺りがさっくり裂け
訳も分からず怒鳴りつけられて
言われてみると
やはりそうだったのかもしれない
私が間違っていたのかもしれない
男は近づいて来るばかりで

いつまでも通り過ぎず
どうでもいいから
一人にさせて欲しい
姓名生年月日住所電話番号
ひたすらキーボードに叩き込んで
讃岐うどんを腹いっぱい啜り込みたい、ふと
パソコンが萎える
上司が立ち下がる
画面向こうで二倍顔の男も
個人識別カードを首からぶら下げ
ぶら下げたストラップが
首を絞める
何か言いたそうなのだが

姉遊び Ｉ

折り畳まれた
骨
を広げると
線路が伸びてゆき
隅の方から
わらわら
人が現れ

電車に乗り込むので
どうしようもなく
走り出すと
すぐに続いて
発着が三分間隔となり
ここにも
居場所が無いから
マスクできっちり口を覆い
それらしい顔になる
唇が見えないし
鼻も隠れて
みんな知らない人でありますように
もうあそこには戻れない

あのとき
強く否定したから
こちらではしゃべることも無い
何も言わないで、
早く帰って
ささくれの痛々しい指で
携帯メールを打つけれど
どうしても
発信できない
ことばもある

リピート

べったり沈んだ屋根の群れ
高速道路が伸びるずっと向こうまで
隙間なく埋め尽くし
そこから這い上がってくる男たちの
朝は鈍く重たい
自動ドアが軋んでようやく閉まると
超過密の無人称空間で

初めて一人称になる
ネクタイを締めて立つ
妙になま温かいかたちとなり
ニンニク臭い息を吐きかけられ
無遠慮に押し付けてくる腰や肩が
どこまでも狭くするから
身を委ねるだけ
レールの継ぎ目の規則正しい振動の
自由意志と言っていいのか
澱んだ呼吸の底に
何か光るものが見えてくる
まばたきするうちに
身体全体が透明な膜に包まれ

何となく安らいでくる
規則正しい振動に揺すられ
もうすぐだ
もうすぐ駅に着くと
自動ドアが開くその瞬間
破水し
立っている両足を濡らし
べったり貼り付いてくる
朝は鈍く重たい
男たちはそのまま引きずられ
ふくみ笑いしながら
乗り換え改札口へと
駆け降りてゆく

週報

前週を消去して
上書きする
Ａ４一枚に収まるように
七日間を四つのトピックスにまとめ
英数字は半角
感嘆詞は省き
日曜の午前中

キー操作していると
いつの間にかスクロールされ
日付けなんて知らない
目を閉じても
目蓋に映る明暗で
どこに運ばれているのか
何となく分かる
赤いテールランプのように
事務所の顔がひとつひとつ横切って
発車までしばらくお待ち下さい
レールの継ぎ目のように規則正しく
余分な肉は切り詰められ
押し込められ運ばれ

黄色い線の内側にお下がりください
何回か咳をして静かになった
分厚い週刊誌に挟まれ
通勤快速は閉じられ
週報が済んだら
予定表のそこを小さく消しつぶすと
どす黒くいびつに
すべて完了する

ＤＶＤ少女

ディスクの奥深く
枯れた草原が波打って
微細な凸凹のビット信号が揺らぎ
記憶の隙間から
生臭い風が吹いてくる
喉笛を嚙み切られた鳥たちと
荒れ狂う少女が

ディスクの縁をすべってゆく
高速で回転しながら
バッハのフーガのように
逆転反走並行
ケータイが呼び出す昼の夢の
禿げた老人に追いかけられ
鉄路を走っていた
訳も分からず焦って
今日がのしかかり
薄くなった少女は走るよ
挟まれた肉のまま
何と頼りない目をしているのだろう
遠くで打楽器が乱打され

ディスクの微細な凹凸から
ぼんやりした影たちは
しきりに呼びかけてくるが
もう恥ずかしくない
つらくも何ともない
記録されてしまったから
喉を堅くして
荒ぶれた少女は
静まる

夏至

排泄し終えたばかりで
ヒクヒク蠢いている
穴もある
通勤電車に乗り込む男たちの
なまなましい粘膜が
等間隔に規則正しく並ぶ
コンクリート壁

垂直に切り出された
JR十日市場駅の線路脇で
舗装道路の深くから
硬質ビニールパイプの排出口に
じくじく途切れぬ汚水
藻類や苔の塊が盛り上がり
褐色の穴を曝して
単葉植物の尖った葉を
執拗に噴き出し
穴から滲み出た老廃物は
短く切り揃えた毛髪の先端に
中年男の汗となって
背広の肩へ何滴か垂れ落ち

口から涎を引いて
ゆがんだ顔が深く埋もれ
もう戻れないから
寝苦しい裸のまま
ビニールパイプを流され
コンクリート壁の排泄口から
ついには頭を突き出し
まどろんでしまう

発色剤のブタ

ピカッ
断続的な痙攣
ピカッ
超薄切りスライスを透して
発色する
にく
18時、半額だね

50%引きシールを貼られ
真空パック二つまとめて298円
賞味期限8月17日
だから
ピカッ
断続的なケイレン
うすくうすくスライスされたカラダが
止まらないヨ―――――!
忙しく階段を駆け上って
駆け下りて駆け上がって駆け下りて
粘膜ガ乾ク
この薄っぺらな歯触りがたまらなく
イイ

会社行ったって
帰宅したって
たいしたことないじゃん
ピカッ
からっポになってしま、ウッ
ムキ出しの、にく
無造作に積まれて
でも廃棄されるよりマシかも、ね
8時排便シタヨウナ
曝されたカラダ
はみ出してゆく、ニク
何となく笑っているみたい
たったイマ、

何だかわかる？
断続的なケイレン
ブタになるヨ――
すでに
一枚一枚引き剝がされて
はみ出たニクが
歩く、歩く、歩く、
ランダム・ウォーク
モンロー・ウォーク
これって、ナニ？
ピカッ

箱街

東名高速を直下に横切って
七月の電車だ
低い位置で広がる集合住宅
黒光りする雲がたっぷり水分を含み
覆い被さってくる
窓のすべてはこちらを向き
一つ一つから

中年男の顔がこちらを見て
一様に目を見開き
両手を窓ガラスに押し当て
唇とおでこをべったり貼り付け
押し黙っている
いつこんな顔になってしまったか
鼻の奥がツーンとして
ずっと昔から
呼ばれていたような気もする
早く降りてきて
一緒に食べようと
自死した友人の顔が
窓の一つに

はにかみながら微笑むと
だんだん冷えてくる
冷房が効き過ぎた車内で
目を合わせることもできず
大きな雨粒がボツボツっとぶつかり
車窓にすじを引いて
涙のように流れ
立っていると
下腹が痛くなってくる
強く足踏みしながら
歯をカチカチ鳴らし
両手を窓ガラスに押し当てて

どんぢゃら

あ、
ほーいほーいの
平べったい街に
電車を放った
湧き出てくるおっさんらおばさんら
ぎゅうぎゅう詰めにして
ついでに金管楽器も突っ込んで

尻の辺りでブォブォ鳴らし
しゃんしゃん手拍子足拍子
退席しなさい
聞くな
匂うな
食道と排泄口と生殖器
三つ揃いを引きずり
絡み合いもつれ
腐敗臭を発するから
網棚に放り上げておけ
クリクリ目のキューピー男
説明顔の巨乳女も
ムキ出しの電車は

薄く血を滲ませた皮膚を
ヒリヒリ触れ合わせ
放置された週刊誌と
無人称のヒトのまま
そのむっちりした白いなま足
ください
若い肉やなあ
あ、
ほーいほーいの
木琴だ
狂ったように叩いた

この暴力的な

凍えた指先のまま
固い歩みを続けなければならなかった
余白は取り払われ
スケジュールがびっしり書き込まれるから
意味が生まれる
今日の顔に
昏い窓の向こう側から

おびただしい足が乗り込んで
無遠慮な視線と舌打ちと
臭い息を吐きかけられ
片隅に押しやられ
無造作に消された線で
わずかに輪郭が残る
身動きできずに萎縮して
緩んだ筋肉の足元に投げ出され
踏みつけられ
立って下さい
人をして立たしめて下さい
もう半分破れかかった
スケジュールに沿って

メモ用紙のように剝ぎ取られ
目を細めると
いきなり後頭部を殴打され
プラットホームから
コマ送りのようにゆっくり
転落する
顔が見える

半島

毛の生えた耳が
いきなり突き出してくる
（半島だ）
がさがさした祖父の感触
幼い頃聞かされた記憶に
ぽつんと取り残され
そうじゃて、

塩生植物の砂浜で
膝を抱え
ぎざぎざの海岸線を
ひとりなぞっていた
骨のかたちの流木
石化した巻き貝の殻
ざらざら砂が吹きつけ
もう返してくれないよね、
耳の祖父を
じゃがのう、
無造作に素描された等高線は
むかしの声を刻みながら
勝手に縮んでゆき

ある日
水っ鼻をすすり上げながら
にじり寄ってくる
(半島だ)
恥は耳のかたちになって
ひっそり吊り下げられ
シミを増やしながら
干からびてゆく

通過

ベッタリ
指紋が残る
自動ドアのガラスに
指紋で汚れた顔が
ぼんやり映る
家庭団欒のような
沿線の灯が横切って

顔は通過されるもの
やって来てはすぐに消え
夜の沈んだ記憶に向かって
次第に降りてゆき
いつしか
一人残ることになるだろう
たまらなく眠たい
雨が上がったプラットホームは
焼肉の看板をてらてら反射して
他人の顔が重なる
遠くに灯を見据えながら
ガラスが曇ってくると
顔と顔が溶けてゆき

ひとつになって
気がつくと
隣の男の顔になっていた
水滴が残るガラスに
貼り付いて
この気難しい中年の顔が
帰宅する
昨日から伸びてきた時間が
今日の分
そのまま少し長くなっただけ
疲れた臭い息を吐いて
大あくびする

ねーさん

ぽかっと口を開けて
ケータイ握り締め
低い位置で
寝息を立てている
あまりにもフツーの顔
いかにも朝焼けだ
ブーツを履いているO脚の足

七人掛け座席の一番端だから
細い指を手すりの鉄に絡め
遠慮なく喉を反らし
イヤホン突っ込まれて
ときどき耳の裏を掻き
微かなアンモニア臭に
口を閉じるが
すぐに緩んで
舌と歯が見える
柔らかい内側に隠された
どんよりした水溜りの
底の方から
ゆらゆら湧いてくる

足裏の饐えた匂い
その
黒いストッキングの足首
ちょーだい
朝、いつも
むくんでるから

姉遊び Ⅱ

大きな耳が
崩れてゆく予感だった
ざっくり編んだ毛糸の帽子を
すっぽりかぶって
眠ったふり
唇にピアスして
痛いんじゃない？

太腿を露わに投げ出し
車内を覗き見する
隠し持つ履歴書は
どうせ偽物だから
性別欄が見当たらない
姓名が赤い二本線で抹消され
立ち尽くす男たち
ケータイをパタンと畳んで
何も無かったかのように
唇と分厚い週刊誌を
めくり上げ
ポケットに手を突っ込んで
性器の位置を確認すると

一気にのしかかり
無邪気に揺れる
腹
知らないうちにつながって
昏い街を突っ走ると
車窓に映る
中年男の
たるんだ耳になる

収穫機械

むしる
朝の男たちを
ぴぃじいさんも一緒に
か細い悲鳴をヒィーンと残し
連れて行かれる
30分前まではニュースを見ながら
メシをのんのん食っていた

男たちの顔が
はたはたひるがえり
線路の上を吹かれてゆく
東神奈川方面へ下って
蹴られた顔は
何もしゃべらずに膨張し
捨てられた顔は
黙って殺され
それでも何とかへばりつき
運ばれてゆく
ここで降りたら
再び乗ることはないから
背中を向けてそのまま形を保ち

吊り革にしがみつく
吐く息の匂いがきつくなり
巨大な鋼鉄製の刃が
ぎらりぎらり回り始める
テツジョーモー
チミモーリョー
改札口は無くなり
駅名表示板も消え
錆びたレールが数本
プラットホームに突き刺さった

階段

二階から降りる途中
尿意を我慢していた
幼い頃から
十三段と数えたはずだったが
もうかなり降りてきたような気がする
天井灯はポツンと
いつまでも頭の上で動かないし

両側の狭い壁も
安っぽいガサガサした手触りで
ヤモリがいきなり
蛾に飛びついた
足元はよく見えず
微かな風が吹き上がり
ずっと先まで続いているのか
遠くの知らないところで
水が漏れている
地面から立ち上がった鉛管の
錆びた蛇口から
細かい糸を引いて
途切れることはなく

幼い頃から
軋んだ音を立て
降りていった
踏み外さないよう注意して
階下で卓袱台を囲んでいるのは
両親や妹のはず
ドコカラ来タノ?
ご飯を一杯よそってくれるが
目を合わせることも無く素通りして
もっと深いところに
一段一段足を運ぶと
尿意も強くなり
蛇口はいつしか

ぬめりを帯びて
目の奥がしーんと静まる

蝸牛器官

眠たくなると
耳の奥深くから
カタツムリが這い出してくる
銀色のぬめりを引き
ドクダミが密生した線路脇の溝へ
溝に沿って垂直に切り立つ
コンクリート側壁へ

七月
金属ボルトで固定され
深緑色に塗装された
側壁の鉄製ハシゴを
巨大な女が
一段一段降りてくる
二の腕を震わせて鉄をつかみ
尻を割って足を伸ばし
汗が光る白く広い背中
その小さな耳
耳の穴の
深く広がった闇に
産毛がちらちら反射して

ドクダミは濃い緑を噴き出し
低気圧前線が
関東南部に延びてくる
数匹のカタツムリは
耳の奥深く這い回り
塗装の剝がれかけたハシゴの
錆びた鉄が
ざらついて
激しく雨が降る
激しく雨が降る

あとがき

会社にいるあいだ詩のことは思い浮かばないし、考えることも無い。もちろん詩の話はしないし、詩を書いているなんていいおっさんが恥ずかしくて言えない。

だから通勤しているときに、妄想する。毎朝同じ電車に乗り込み、同じ駅で降りて同じ事務所に向かう、繰り返しの毎日。その沈澱した結果がこれかと、車窓に映る顔をぼんやり見ていると、顔を透かして街並みやネオンが次々に横切ってゆく。薄く頼りない輪郭だが、実は顔という皮膚一枚で、これまでの会社生活と今現在とが拮抗している。その危ういバランスが崩れるとき、日常の向こう側を見せてくれることもある。不意に立ち上がる悪意で引き攣る顔、街並みもゆがんで、それも面白い。

毎日の繰り返しが顔であることの自明と驚きに向き合って、日常の向こう側を詩に書き下してやりたい。そんな思いでひと月に詩をひとつ書こうと決め、書いてきたこの三年間を、詩集という形にできたことが嬉しい。会社生活はまだしばらく続く。これからも、書いていける。

山崎純治（やまさきじゅんじ）
第一詩集『夜明けに人は小さくなる』（一九九七年　ふらんす堂）
第二詩集『完璧な通勤』（二〇〇七年　ミッドナイト・プレス）

通勤《つうきん》どんぢゃら

著者　山崎純治《やまさきじゅんじ》
発行者　小田久郎
発行所　株式会社思潮社
〒一六二―〇八四二　東京都新宿区市谷砂土原町三―十五
電話〇三（三二六七）八一五三（営業）・八一四一（編集）
ＦＡＸ〇三（三二六七）八一四二
印刷　三報社印刷株式会社
製本　株式会社川島製本所
発行日　二〇一一年九月五日